DISCOVRS

POETIQVE ET PIEVX

TOVCHANT L'INVOCATION

& veneration que nous deuons
faire aux Saincts & l'honneur que nous deuons por-
ter à leurs sacrees
reliques.

Par NICAISE DIEVLOT Pasteur de Rongy.

Psal. 150. *Louez Dieu en ses Saincts.*

A TOVRNAY,
De l'Imprimerie de CHARLES MARTIN.
l'An 1616.

A NOBLE ET VENERABLE
Perſonne Meſſire
LAMORAL DE CVNCY
à preſent Iubilaire & premier Chanoine
prebendé de l'Egliſe Cathedrale
en Tournay.

MON Sᵉᵘʳ ayant certain iour eu l'opportunité de veoir à deſ-
couuert pluſieurs beaux & riches reliquaires dans
voſtre Egliſe de Noſtre Dame en Tournay, iuſques
meſme de m'eſtre informé, de quels Sainᥴts eſtoient
chacune relique contenuë en iceux. Ie ne me pou-
uois aſſez eſmerueiller de veoir tant de precieux gages raſſemblez
qui donnent vn treſeuident teſmoingnage de l'Antiquité & de la
pieté des vôs Anceſtres, veu que non ſans grans frais & trauaux ils
les ont pieuſement recherchez de diuers endroits de la Chreſtiené
& que depuis ils les ont ſoigneuſemēt conſeruez durant les troubles
& impietés qui de temps en temps ſont ſuruenuës : Tellement que
dés lors ie me ſuis trouué tout emflambé d'vn ſainᥴt deſir de les vouloir auſſi honorer de ma part, de quelque petit diſcours Poëtique.
Ce qu'ayant faiᥴt & me trouuant deliberé de le mettre en lumiere ;
I'ay eſtimé en moy meſme que ie ne le pourroy mieux preſenter à
autre qu'à voſtre Reuerence. Principalemēt pour le reſpeᥴt de l'honneur que ie vous doy à raiſon de l'amitié & faueur que ia paſſez long
temps i'ay receu de voſtre beneuolence : Puis pour le regard de la
Pieté qu'on à veu reluire en vous, lors que pluſieurs faiſoient ban-
queroute à la Foy Catholique, & que meſme les gens d'Egliſe eſtoiēt
vilipēdez & mal traitez en diuers lieux, & que ce nonobſtāt vous vous
auriez rāgé du nombre des Eccleſiaſtiques. Laquelle pieuſe affeᥴtion
vous n'auez moins fait paroiſtre du depuis enuers les Sainᥴts & leurs
ſacrees reliques, quād apres les troubles dernières elles furēt remiſes
en lumiere. Car vous aués eſté le premier qui repli de zele & de de-
uotiō aués porté en proceſſiō ſolemnelle vne des honorables remem-
brance de la Croix enrichies de pluſieurs belles reliques dont voſtre
Egliſe eſt ſi ſainᥴtement decoree, ayant meſme lors pour collateral
Monſieur Martiny qui en portoit vne pareille. Il plaira donc à voſtre Seigneurie de receuoir ce petit diſcours d'autant bonne part,
comme liberalement luy offre ſon

Treſ-humble Seruiteur en Dieu le Paſteur
de Rongy NICAISE DIEVLOT.

A V

AV LECTEVR.

My Lecteur ie te prefente ce petit Difcours par lequel tu pourras veoir & entendre quelle a efté de tous téps la Foy & la pieté de noftre mere la fainte Eglife à l'endroit des bien heureux Saincts & deleurs facrees reliques. Car ie te propofe le tefmoignage de plufieurs des plus fameux & celebres faincts Docteurs qui iamais ont paru en icelle Eglife & qui mefmes ne peuuent eftre tenus pour fufpects comme partials touchant la controuerfe mife en auant par les heretiques de noftre temps, touchant l'honneur que nous leurs deuons porter, veu qu'ils viuoient paffez plus de mille ou & douze cens ans, car tu pourras voir par leur tefmoignage que ce point de doctrine n'a efté introduit depuis peu d'années, ains eft procedé des faincts Apoftres & continué de temps en temps iufque à nous & par confequence deuons croire quil continuera iufque à la fin du monde. Or comme ainfi foit que cefte pieté auroit toufiour continuée parmy les Catholiques, de mefme ont continué les perelinages, car lefdits Catholiques croyans fermement que par les merites & interceffions des Saincts il pourroient obtenir de Dieu les faueurs qu'ils fe deffioient de pouuoir obtenir par leurs propres merites, ils ont toufiours eu cefte louable couftume de fe transporter aux lieux où ils fçauoient que repofoient les venerables reliques defdits faints & où reluyfoient plufieurs miracles qui en leurs faueurs fe faifoient de iour en iour: Tefmoings vne infinite d'hiftoires, & entre autres de ce que S. Auguftin a laiffe par efcrit en fon vingt & deuxiefme liure de la Cité de Dieu chapitre huictiefme, & fpecialement de deux ieufnes gens qui pour leur defobeiffance furent punis d'vn horrible tremblemét de nebres qui leurs eftoit aduenu par la malediction que leur mere leur auoit donné, qui tous honteux de leur propre affliction fe defpaiferent & trauerfans la Mer Mediterranee, s'en allerent de Capadoce en Affrique au lieu ou S. Auguftin eftoit Euefque, où eftoient lors des reliques de S. Eftienne premier martyr, tellemét qu'il y obtindrent guarifon apres auoir faicts leur veux & prieres, S. Auguftin eftant mefmement prefent en l'Eglife, quand il furent guaris. Qui plus eft nous lifons qu'aucuns n'ayans l'opportunité de pouuoir frequenter tels faincts lieux & fainctes reliques qu'ils en auoiët vn grandiffime regret & fi transportoient pour le moins d'affectió, comme de faict nous lifons entre autres les regrets que S. Iean Chrifoftome auoit de ce qu'il ne pouuoit aller de Cóftantinople à Rome pour honorer en perfonne propre les fainctes reliques des Apoftres S. Piere & S. Paul, à caufe de la diftáce du lieu & des empefchemés qui le retenoiët pour la defcharge de fon Euefché: Voicy fes propos & regrets, fi i'euffe efté (difoit il) deliuré des empefchemens & foings de mon Euefché, & fi i'euffe eu le corps quelque peu plus robufte, rien ne m'euft empefché d'entreprendre la peregrination, pour aller veoir les chaines de S. Paul & la prifon ou il a efté enchainé, chaines que les Demons redouient & que les Anges honorent. Que fi de
mefme

mesme (amy lecteur) tu as pareille affectiō & deuotion que ce Sainct Pere, & que les negoces ne te permettent de voyager en pays lointain, tu as au moins le moyen de pouuoir satisfaire à tes veux & deuotions sans grand trauail, car tu as dans l'Eglise de Nostre Dame en Tournay les reliques non d'vn Saint seul, ains de plus de cinquante des plus celebres entre les saints, si comme des ossemens des Apostres S. Piere, S. Paul, S. André, S. Iacques le maieur S. Iaques le mineur, S. Philipe, S. Mathieu, S. Thomas, S. Bartholomy, S. Barnabé, S. Mathias, S. Marc, S. Luc & du vestement de S. Iean l'Euangeliste. Entre les martyrs, des ossemens de S. Iean Baptiste, S. Estienne, S. Laurent, S. Piat, S. Chrisole, S. Clement, S. Cosme & Damien, S. Sebastien, des S. Inocens aucuns, plusieurs des onze mille Vierges, S. Hermes, S. Martiale, S. Vincent, S. Blaise, S. Lambert, S. Denis, S. George, S. Theodore, S. Christoph Entre les Confesseurs des os S. Gregoire Pape, S. Hierosme, S. Martin Euesq, S. Siluestre, S Eleuter, S. Eloy, S. Nicolas, S. Amand, S. Iean Chrisostome, S. Louys, S. Bernard, S. Gille, S. Maure, S. Remy, S. Franchois, S. Anthoine. Entre les Vierges S. Luce, S. Benoîte, S. Agnes, S. Marguerite, S. Gertrude, S. Barbe, S. Agathe, S. Catherine, S. Cecile. Puis de S. Anne & de la S. Marie Magdelaine & du vestement & de la cinture de la Benoîte Vierge Marie: mesme de la propre Croix de Iesus Christ, sans plusieurs autres que iobmet à cause de brieueté. Côme donc ainsi soit que S. Paul nous tesmoingne en ses Epistres aux Corinthiens que les corps des Esleus sont membres de Iesus. Christ, & Temple de Dieu & que le Sainct Esprit habite en iceux. Loue Dieu en ses Saincts: Car oultre l'experience & le tesmoingnage que nous en auons, Dauid, dit au surplus que Dieu est merueilleux en iceux.

Puis consideres que outre les benefices que tu peux obtenir de Dieu par leurs merites & intercessions, que leurs saintes reliques seront apres la resurrection reluisantes comme le Soleil. Tesmoin le Sage en son liure de la Sapience, & ce que S. Paul nous certifie en son Epistre aux Philippiens, disant, Nous attendons le Saueur à sçauoir le Seigneur Iesus Christ qui transformera nostre corps vil à fin qu'il soit faict côforme à sō corps glorieux. Inuoque les donc & honore (Amy Lecteur) & selon le conseil de de Sainct Piere tache de rendre ta vocation asseuree par bonnes œuures, à fin que (moyennant la grace de Dieu & leurs intercessions) tu puisses paruenir auec iceux en la gloire eternelle, Amen.

DISCOVRS
POETIQVE ET PIEVX

touchant l'inuocatió & veneration des
Sainéts & de l'honneur que nous deuons porter à leurs facrees reliques.

Pfal. 150 *Louez Dieu en fes Sainéts*

QVad fages nous voyons la befongne bien faitte
Et qu'en bó iugement nous l'eftimós parfaiéte
Soit pour fa rareté ou foit pour fa valeur,
Soit pour fa forme belle ou naifue couleur,
Nous ne nous contentons de louer tel ouurage
Mais paffant plus auant nous prifons dauantage
L'Efprit ingenieux, enfemble & le bel art
De cil qu'il l'a formé tant beau de toute part.
Or puis qu'il eft ainfi que le noble artifice
Rend l'ouurier admirable en fon riche edifice,
Et qu'en exaltant l'œuure on loue fon autheur
Encore qu'incognu ou qu'il foit feruiteur,
A bon droit donc Dauid en fes vers nous femonde
De louer en fes Sainéts le createur du monde,
Veu que le mefme los qu'on donne à l'inftrument
Redonde à fon ouurier auec bon argument.
Dieu qui fondes les cœurs & volontez entieres
Tu fçais que ie pretend toucher telles matieres,
Vueille moy donc ayder par ton diuin Efprit
Afin que i'en puis faire vn mediocre efcrit.
Non que ie vueille ici entrer en controuerfe
Contre la folle gent heretique & peruerfe,
Qui fous vn mafque beau de quelque pieté
Cerche vne Liberté pleine d'impieté:
Ny moins contre les faux Idolatres Deiftes
Ou contre les Brutaux infenfez Atheiftes,

A 3 Qui

Qui au lieu d'adorer l'autheur de vastes cieux
Nyent la Deité ou forgent des faux Dieux :
Mais ie veux purement & sans nulle feintise
Monstrer quelle est la foy de ma mere l'Eglise,
Et comment elle veut qu'on loüe ses enfans
Qui saintement heureux sont aux cieux triomphans :
Car ainsi que les Roys ont pour chose agreable
Quand on fait vn accueil benin & honorable
En leur nom & faueur à leurs feaux amis,
Et aux Ambassadeurs qui par eux sont commis :
Ainsi le mesme honneur qu'on faict en ce bas môde
Aux saints amis de Dieu à Dieu mesme redonde :
Tellement qu'il nous est plustost propice & doux
Quand en ses saincts esleuz il est benit de nous.

Mais afin qu'on ne dit que ce point de doctrine
Auroit esté forgé en ma foible poitrine,
Il ne seroit mauuais d'auoir quelques tesmoins
Ou des mediateurs sept ou huict tout au moins,
Pour môstrer que l'Eglise à tousiours faict hômage
Au Sainct en sa relique & mesme en son image :
Et qu'en aduersité elle à vers Dieu recours
Par l'aide de ses Saints implorant leur secours.

Sus donc ma muse sus pren des ailes subtiles
Pour circuir l'vniuers comme les volatiles,
Et cherche des tesmoings sans reproche & sçauans
Qui du moins ont vescu passez onze cens ans ;
Vole au dessus des mers depuis le pole Artique
Iusques à l'Antartique ; & du moins en Afrique,
En Europe, en Asye, ou iadis en maint lieu
Saintement florissoit l'Eglise du vray Dieu :
Puis les ayans trouuez fay leurs humble requeste
De vouloir subsigner les points de ton enqueste :
Et prie les de dire au nom du sainct Sauueur
La pure verité, clairement, sans faueur,
Et sur tout quelle estoit la foy vraye & requise

Que

Que tenoit en leur temps la Catholique Eglife:
Notamment fur l'honneu r que par deuotion
On doit porter aux fainɛts morts en perfection.

    Cela dit, tout foudain elle print fa volee,
Et trauerfant la Mer en Cartage eft volee,
A fin d'y faluër Monfieut faint Cyprien
Qui entre les Doɛteurs eft vn doɛte Ançien:
D'ou faifant vne courfe elle s'en vat mignonne
Deuers Sainɛt Auguftin en la ville d'Hypponne,
Qui ayant entendu la caufe de fon cours
Il luy à foubfigné vn notable difcours.

    Puis reprenant carriere elle vole & chemine
Par Libye & l'Egipte allant en Palestine,
Pour trouuer fainɛt Hierofme aupres de Bethleem
Et fainɛt Cyrille aufli dedans Hierufalem.

    Dillec vn peu apres elle euft en fantafie
D'aller en Cappadoce, en la petite Afye,
Ou volant çà & là elle alla tant & tant
Qu'ores elle à trouué fainɛt Bafile le grand
Euefque en Cefaree, ores vn' fainɛt Gregoire
Nommé Nazianzene au mefme territoire.
Puis au pays de Ponte vn de femblable nom
Qui en miracles fut fainɛt de trefgrand renom.
De la elle s'en vint iufque en Conftantinople
Vers S. Iean Chrifoftome hôme en beau dire noble.
En apres iufque à Rome oueftoit fainɛt Clement.
Et le grand fainɛt Gregoire, humble Pape & clemɛt.

    Et puis pour le dernier toufiours fage & courtoife
Elle vint à Milan confulter fainɛt Ambroife.
Dou eftant de retour elle vint m'efueiller
Car lors ie commençoy tout las à fommeiller:
Si me dit, mon Dieulot, refueille toy, refueille,
He! peux tu bien dormir quãd pour toy ie trauaille?
Sçache donc que iày faiɛt ton enquefte amplement
Et que plufieurs Doɛteurs l'ont figné librement.
                                                    Enten

Enten donc mon Dieulot. enten à ta matiere,
Voyci de sainct Clement la sentence premiere
Ou pour dire plus vray il repete vn Canon
Des Apostres diuins ce disant en leur nom,
Freres nous vous disons que portiez reuerence
Et honneur aux Martyrs, ainsi qu'en apparence
Nous mesmes honorons nos freres bien-heureux
Saincts Iaques & Estienne Athletes valeureux,
Car ils doiuent ça bas de nous auoir louanges,
Puis que Dieu les à mis entre les parfaicts Anges,
Et veu que sans macule ils iouissent d'vn bien,
Et los tant asseuré qu'ils n'en craignent plus rien:
Aussi est ce d'iceux que le Psalmiste chante
Dieu tient la mort des Saincts precieuse & plaisante,
Et ce que Salomon dit par autres propros
La memoire du Iuste est compagne du los.
    Le Docte Cyprian ma dit ceste sentence,
Notez freres Chrestiens notez en diligence
Les iours & noms de ceux qui souffriront à tort
Pour le nom de Iesus vne cruelle mort,
Afin que nous puissions diceux faire memoire
Quand on faict des Martyrs festes plaines de gloire!
Et croyez que les Saincts qui regnent és hauts cieux
Sont de nostre salut ardamment soucieux.
Veux-tu veoir le raport de Monsieur sainct Basile
Ou il vante les Saincts ainsi comme vn Azile?
Les affligez dit-il ont aux Saincts leurs recours
A fin que par iceux Dieu leur donne secours,
Voire & pieusement le ioyeux faict de mesme,
L'vn pour estre allegé de sa douleur extreme,
L'autre à fin d'implorer la Sainte Trinité
De vouloir le tenir en sa prosperité,
He! dictes moy comment, & en quelle maniere
Cil qui est enflambé de charité entiere
A l'endroit des martyrs se poura contenter

De

De leur porter honneur & leur beaus faicts vanter?
Fay donc tant que tu peux, fay leur la reuerence,
Et monstre que tu es de leur sainte credence.

A ce mesme propos vn Sainct de grand credit
Qui se nomme Gregoire & Nazianze a dit
Ie resens vne chose en moy mesme aggreable
Voire en quoy grandement ie suis insatiable,
Cest que sans me lasser ie reçoy grand plaisir
Dexalter & prier les glorieux martyrs.

Saint Gregoire de Nisse en ceste sorte honore
Et inuoque vn martyr nommé sainct Theodore:
Prie comme martyr pour ton conseruiteur
Hardi, combats pour nous ainsi qu'vn bon luicteur.

Regarde derechef de sainct Cyrille vn roole
Qui conforme aux susdits contient ceste parole,
Nous louons les martyrs auec tres-grand honneur
Et tousiour par honneur nous vantôs leur bon heur.
Quand nous sacrifions le diuin Sacrifice
Nous faisons mention en faisant nostre office
De ceux qui deuant nous reposent asseurez:
Des Patriarches saincts, des prophetes sacrez,
Des Apostres diuins, & martyrs pitoiables
Pour tant mieux faire à Dieu oraisons agreables
Et que les nostres soyent secondées des leurs,
Quand nous les presentôs en leurs noms & faueurs:
Cil à qui l'esprit sainct benignement se donne
Ayât l ame illustree il voit mieux qu'vn pur homme
Son corps est en la terre & son ame est és cieux.
Ainsi rien n'est caché ça bas aux saincts pieux.

Mais voyôs tout d'vn traï ce que dit saïct Hierosme
Qui pour vn Bethleem quitta la grande Rome,
Luy di-ie que l'Eglise honore & recognoit
Pour vn docteur tresgrâd (comme en effect on doit)
Nous honorons dit-il & portons reuerence
Aux tombeaux des martyrs: & quand auec licence

Nous

Nous pouuons les toucher, nous faisons le deuoir
Mesme de les baiser non contens de les voir;
Puis sur ce que Moyse auroit fait son exorde
Vers Dieu au nom d'Abram côme appert en Exode
Il dit que fort souuent Israël desolé
Fut en faueur d'Abram du Treshaut consolé.
Ie passe vn long discours qu'il fait pour la deffence
Des reliques des Saincts contre vn faux Vigilance
Ou il nomme plusieurs qui par deuotion
En ont faict par honneur quelque translation.
(Entre autres Côstantin, qui le grand on surnôme;
Et Arcade, Empereurs de Bizance & de Romme.)
Bref il dit & conclud, que ceste pieté
Qui estoit en son temps venoit d'antiquité.
　　　Enten pareillemêt Monsieur Sainct Chrysostome
Car voila diceluy vn petit Epitome
Ou il admire fort la diuine bonté
De sa misericorde & prompte volonté;
Notamment il s'escrie entendant la promesse
Que Dieu fit pour Sion, lors questant pecheresse
Il promit la garder en faueur de Dauid
Quand ia passé long temps plus au monde il ne vit:
Il dit donc exaltant la nouuelle ioyeuse
Qu'en eust Ezechias, ô chose merueilleuse !
Dauid est desia mort, son corps est sans vigueur
Et ses merites sont pour autruy en valeur.
Quand Dieu ne trouue point vn iuste en ceste vie
Et que de nous punir nous luy donnons enuie,
Il pardonne aux viuans en memoire & faueur
Des merites de ceux qui sont morts au Seigneur.
Preschant d'aucuns Martyrs il disoit en publiques
Visitons les souuent, & touchons leurs reliques
Tout enflambez de Foy; decorons leurs tombeaux;
A fin qu'en remportions benefices nouueaux.
　　　Sainct Ambroise a donné cest escrit pour son dire
　　　　　　　　　　　　　　　　　　Que

Que pour son sainct renom volontier on doit lire
Car d'ouyr chose bonne est aux bons grand plaisir,
Voici donc ce qu'il dit entend le par loysir,
Honorons les martyrs, intercesseurs du monde,
Coheritiers de Christ, Princes de la Foy monde.
Que si vous demandez que c'est que ie tien cher
Et que i'honore tant, sinon que quelque chair
Consommée & reduite en vne vile poudre
Laquelle abiectement Dieu à laissé dissoudre?
Ou est donc freres chers ce que la verité
Luy mesme par Dauid ainsi nous à dicté,
La mort des Saincts de Dieu est (pour leur recompese)
Grandement precieuse en sa sainte presence?
Et ce quil dit encor, tes amis ô mon Dieu
Doit ent estre par moy honorez en tout lieu?
Dit il point de rechef que leurs os n'auront garde
Iusqu'a vn de perir, pource que Dieu les garde?
Suyuant quoy il conclud protestant ne mentir
Et dit i'honore donc en la chair du Martyr
Celuy qui est viuant en l'eternelle gloire
Et de qui les vertus nous seruent de memoire:
I'honore dans leur cendre en cœur & verité
Les semences qui sont pour vne eternité.
Puis il dit autre part, il faut prier les Anges
Que Dieu nous à donné pour gardes & reuanges:
Il nous faut inuoquer les martyrs glorieux,
Veu qu'ici leurs saincts corps seblet nous tenir lieux
Tant de protection que de gage & d'hostage,
Craignat que sans secours nous ne perdiós courage,
Sus employons les donc pour nos intercesseurs,
Car voyans nos efforts il sont nos deffenseurs.
  Puis & Sainct Augustin ma dit, si l'on propose,
De prier le Tres-haut pour quelque bonne chose
Et qu'on ait son recours aux merites des Saints,
En les prians de voix, ou bien de cœurs non feints

Que les ames des Sainâs à qui eft tout de mefme
Ou de veoir ou d'ouir, obtiennent du fupreme
Ce que nous demandons: ayans plus grand efgard
Aux defirs faints qu'aux voix, foit à l'inftant ou tardi
Et qui plus eft (dit il) qui pour la forfaicture
Du martyr prie Dieu, il luy faiâ grande iniure:
Veu qu'il doit au contraire eftre recommandé
Aux prieres des Sainâs & d'iceux eftre aidé.

    Le vray peuple Chreftien faiâ memoire pieufe
Des martyrs glorieux par fefte officieufe,
Pour au merites grans d'iceux participer,
Comme à leurs oraifons : & pour les imiter.
Si tu veux regarder fon liure vingt-deuxiefme
De la Cité de Dieu, au chapitre huiâiefme,
Tu pourrás en ce lieu noter plus clairement
Qu'il confirme mon dire encor plus amplement:
Car la tu cognoitras comment la clere veuë
Eft en faueur des Saints aux aueugles renduc,
Ores tu entendras par fes amples rapports
Que plufieurs ont efté refufcitez des morts:
Ores auffi comment plufieurs demoniacles
Ont efté deliurez par euidens miracles :
Ores des fiftuleux, ores des graueleux,
Ores des tremblotans & ores des gouteux:
Notamment en faueur de Monfieur Saint Eftienne
Qui premier fut martyr pour noftre foy Chreftiêne;
Et des martyrs Geruaife & Protaife Romains,
Qui a Milan font morts l'an trois cens guere moins
Les vns par le toucher de leurs faintes reliques,
Autres en les portans és prieres publiques,
Voire mefme y touchans feulement quelques fleurs
Et puis les appliquans fur eux ou fur les leurs.

    Voyons pour le dernier celuy de Sainâ Gregoire
Premier Pape du nom & de bonne memoire
Car iaçoit qu'il fut né depuis les Sainâs fufdits

Si n'eft

Si n'eſt il toutefois moindre qu'eux en credits
Car priant pour aucuns qui auoyent beſoin d'aide
Il diſoit, ie requiers que l'eternel vous aide
Et que par la priere & le merite grand
De Sainct Iean le Baptiſte il ſoit voſtre garant.
He, nommez moy, dit-il, quelles choſes ignorent
De ce qu'on doit ſçauoir, ceux qui és cieux adorent
Et voyent ſans delay celuy qui cognoit tout,
Et qui inceſſamment regarde tout par tout?
Derechef il diſoit, le Tout-puiſſant te face
Le bien de te garder par ſa diuine grace,
Et te vueille tenir par l'interceſſion
De l'Apoſtre Sainct Pierre exempt de leſion.
    Voila donc, mon Dieulot, ce dont ie fus appriſe
De tous ces grans Docteurs vrais piliers de l'Egliſe:
Voila ce que i'auoy receu fidelement
Et partant tu le peux eſcrire librement:
Ainſi parloit ma Muſe en termes manifeſtes,
Referant mot à mot ſes fidelles enqueſtes,
Et puis elle ſe teuſt, ſi que pour ceſte fois
Ie n'ay plus ouy ſon de ſa doucette voix.
    Or iaçoit qu'ainſi fut que les ſuſdits ſaincts Peres
Soyēt teſmoings ſans reproche & gēs ſans vituperes
Et qu'ils auroient deſia donné ſolution
Plus que ſuffiſſamment à noſtre queſtion,
Ie veux encor produire vn exemple notable
Pour tant plus confirmer mon dire veritable,
A ſçauoir du pieux Eueſque Sainct Eloy
Qui en maints lieux de flandre at annoncé la foy.
    Ce Sainct Pontife donc que louer ie propoſe
Fut né & eſleué au pays de Limoſe
Et de parens Chreſtiens, meſmement tant pieux
Qu'on les eut eſtimez eſtre religieux:
Partant ia grandelet & en point de comprendre,
Du gré de ſes parens, il à voulu apprendre

B 3   L'art

L'art de l'orfeuerie, entre les beaux meftiers,
Comme il fit par apres fort bien & volontiers:
Mefme comme il eftoit d'vn efprit fort docile
Il deuint en bref temps expert en ce beau ftile:
Si que pour cefte caufe il fut cognu du Roy
Et pource qu'il eftoit homme de bonne foy.
    Le Roy donc propofant quon luy fit vne felle
Dorée & emperlée, & de façon nouuelle,
Il le fit appeller & luy bailla tant d'or
Qu'il luy en forma deux, & richement encor.
O grande preud'homie! il pouuoit fans reprinfe
Du Roy n'y de fes gens faire vne riche prinfe,
Toutefois, craignant Dieu, il ne veut par deffein
Commettre aucun peché & fur tout le larçin:
De quoy eftant connu de bonne confcience
Le Roy en l'admirant auoit en luy fiance:
Si que depuis ce temps il luy eut volontiers
Fié fes grands eftats & fes threfors entiers.
    Or nonobftant qu'il fut en la court vantereffe
Ou volupté abonde auecques la richeffe:
Et ou les courtifans font veftus mollement,
Si que la pieté fy trouue rarement.
Puis encore qu'il fut en l'âge de plaifance,
Et qu'il eut au furplus des biens à fuffiffance,
Tant du gain de fon art que des riches prefens
Que le Roy luy donnoit & les grans courtifans:
Si eft il toutefois qu'il n'y cerchoit fes aifes,
Ses plaifirs doucereux & delices mauuaifes:
Ains fouuent il ieufnoit & couchoit durement,
Portant mefme en fecret la haire aufterement.
Outre ce il auoit plufieurs faintes reliques
Selon la pieté des Chreftiens Catholiques,
Qu'il gardoit cherement & pour meilleur threfor
Que l'auaritieux pourroit cherir fon or.
Parquoy il prioit Dieu fouuent en la prefence
                                        De ce

De ce saint Reliquaire en toute reuerence.
Voire & mesme il passoit quelque espace des iours.
Et des ombreuses nuicts ayant aux Saincts recours,
Quoy donc fut il tousiours sans auoir audience
Et sans en receuoir aucune recompense?
Portoit il reuerence aux cendres d'aucuns morts
Qui sourds ne pouuoient plus luy dōner reconfort,
Tant s'en faut, ô bon Dieu qu'on le doit ainsi croire
Tant s'en faut qu'ainsi fut : car tesmoin son histoire,
Vn Saint certaine nuict luy dit Eloy, Eloy
Dieu t'a ore exaucé partant resiouïs toy.
O miracle excellent, apert, & sans mensonge !
Car ainsi qu'il doutoit que ce fut vn vain songe,
Il resent à l'instant vne tresuaue odeur
Sortant du reliquaire & ce d'vne liqueur.
Mesme & qui plus encor l'asseura de ses doutes,
Il en sentit tomber sur sa teste des goutes
Et de tant douce odeur, qu'il n'eut en son viuant
Iamais telle senteur, n'y apres n'y deuant.
Par ainsi il appert qu'il nous est proufitable
De reuerer les Saints & leur est aggreable:
Voire & plaisant à Dieu, veu que pour leur faueur
Il à voulu espandre vne tant suaue odeur.
Mais he ! t'esoahis-tu s'il à telle visite ?
Il estoit Sainct luy mesme & ia de grand merite:
Car estant encor lay parmy les dizeteus
Il guerit vn aueugle & vn lochant boiteux:
Outre ce il auoit (aux pauures fauorable)
Multiplié du vin par vn signe admirable,
Et ce pour subuenir auecques charité
A plusieurs indigens en leur necessité.
    Côme doncque on ne peut tant cacher la lumiere
Qu'on ne la voit en fin en aucunne maniere,
Soit par vne creuace ou quelques petis trous
Ou soit par le dessus ou bien par le dessous

Ainſ.

Ainſi ſa ſainteté cachée & retenuë
N'a peu eſtre long temps ſans eſtre reconüe.
Auſſi Ieſus dit il qu'on ne coloque point
La lampe ſous le muy veu qu'elle vient à poinct.
Il fut doncques eſleu d'orfeue & mechanique
A vne dignité & eſtat Angelique
Car pour ſa pieté & bonne opinion
On l'ordonna Eueſque en Tournay & Noyon:
Non qu'il ait pourchaſſé ceſt eſtat & puiſſance
Au contraire il en fit tant qu'il peut reſiſtance:
Si eſt il toutefois qu'il s'en eſt acquitté
Auec vne indicible ardeur de charité.
He! qui peut exprimer de quelles allegreſſes
Il cherchoit le ſalut des ames pechereſſes,
Meſme & non ſeulement de ceux de ſes troupeaux
Ains de maints ſans Paſteurs & encor louueteaux:
Car n'eſt il point allé preſcher la foy en Friſe
Et aux Suediens qui ignoroient l'Egliſe?
Comme auſſi en Anuers & aux rudes flandrois
Notamment en Courtray & aux Payens Gantois?
Puis eſtant de retour vaquant à ſes offices
Il employoit les biens de ſes deux benefices
Ore à faire baſtir quelques lieux pieteux,
Ores à ſuſtenter les pauures diſeteux
Et ores il en faict luy meſme quelque chaſſe
Ou les corps d'aucuns ſaincts richement il enchaſſe:
Et bref touſiours pieux il tachoit en tout lieu
D'augmenter ſaintement le ſeruice de Dieu:
Car il à faict baſtir pluſieurs beaux monaſteres
Ou iour & nuict on faict les diuins miniſteres,
L'vn d'hommè & biẽ huict vingts en ſon natal Pays
Et l'autre pour trois cents de Vierges en Paris:
Outre cil que depuis Eueſque il à faict faire
Et fondé dans Noyon de fond hereditaire
Et celuy de Tournay nommé de Saint Martin

Ou

Ou à present on tient l'ordre Benedictin.
  Nous lisons que iadis par diuine ordonnance
Moyse auroit faict faire vne Arche d'alliance
Et que fort richement il l'auroit faict dorer
Tant dedans que déhors pour plus la decorer.
Il fit d'or la couuerte auec vne couronne
Haute de quatre doigs qui deſſus l'enuironne
Et dans ceſte couronne eſtoient s'enuiſageans
Deux beaux Cherubins d'or ailez comme volans
Puis plus bas aux coſtez és quatre coings de l'Arche
Il mit quatre anneaux d'or auec certaine attache
Et pour mieux le porter il y fit mettre encor
Deux leuiers dans iceux tout crepis de fin or:
Meſme à fin qu'il ne fit ledit coffre Arche difforme
Dieu luy auoit preſcrit quelle en ſeroit la forme,
Sicomme d'enuiron quatre pieds de longueur
Deux bons pieds de hauteur & autant de largeur.
Or eſt il toutefois qu'il n'y eut autre choſe
Que la verge d'Aron dedans icelle encloſe
Et la Loy du Seigneur eſcrite en deux tableaux
Auec vn peu de Manne en des dorez vaiſeaux
  Puis donc que pour placer des choſes tranſitoires
Qui deſia ne ſont plus (comme appert es hiſtoires)
Dieu auroit commandé par vn expres decret
De luy faire former vn tant riche coffret,
Trouuerat-on mauuais qu'entre les catoliques
On honore les ſaincts? & qu'on met leurs reliques
Dans des chaſſes d'argent ? veu que leurs benits os
Nous ſont pour noſtre bien delaiſſez en depos?
Il ne m'eſt ia beſoin d'encore ici redire
Ce que deſſus iay dit, pour affirmer mon dire,
Car deſia iay prouué par des fermes teſmoins
Que leurs ſaints corps ſeront à leurs ames reioins:
Puis dautant que leurs os & leurs cédres poudreuſes
Seront plus qu'vn Soleil claires & bien-heureuſes
                                      Qu'elles

Quelles font ici bas en grande authorité
Comme des germes faints pour vne eternité.
O cendres! o faincts os! o diuines reliques!
Que vous eftes pour nous nobles & magnifiques.
Car vous auez efté temples du faint Efprit
Qui habitant en vous tant de bien vous apprit.
O combien eftes vous plus nobles que les pierres
Que Dieu auoit donné faifant fouldre & tonnerres:
Car cefte mefme Loy que gardez en douceur,
Sera à tout iamais efcrite en voftre cœur.
Vous eftez o faints os! plus diuins que la verge
Que Dieu donne à Moyfe en luy donnant la charge
De fon fainct peuple Hebrieu, iaçoit qu'ẽ terre & eau
Il auroit fait auec maint prodige nouueau.
Au furplus qui ne fçait que ces merueilleux fignes
Aduenus en Egipte & qu'on tient pour infignes,
Furent faicts la plufpart par Moyfe & Aron
Pour affliger le peuple & l'obftiné Pharon?
   Quant à ceux qui depuis furent par la prefence
De ladite Arche fainte, he! qu'eft ce que vengeance?
Tefmoing la mort d'Oza & des Bethfamitins
Et d'vne infinité des autres Philiftins?
Vray eft que quand Ifac eut faict maint facrifice,
Il paffa le Iordain par vn grand benefice
Sur le fond à pied fec au bout de quarante ans,
Quand les Leuites ont porté l'Arche dedans.
Mais ne lifons nous pas en l'efcriture mefme
Qu'Elie & Elifée ont paffez tout de mefme
Apres qu'au nom de Dieu ils diuiferent l'eau
La frappant feulement auecque leur manteau?
Or mon but & deffein n'eft d'ici mettre en conte
Les fignes que d'iceux l'Efcripture raconte,
Seulement ie diray qu'Elifée eftant mort
Auroit refufcité quelque autre de la mort.
   Les prodiges fufdits font di-ie efmerueillables
                                        Mais

Mais estans comparez aux autres innombrables
Que Dieu à faict depuis par ses Saincts bien heureux
Ils ne seroient trouuez mille contre vn nombreux:
Car qui pourroit conter les sortes & le nombre
Des miracles des Saincts? veu que de leur seul ombre
Aucûs mesme en faisoient, côme l'Apostre & chef
A qui Iesvs donna de son regne la clef?
Et veu que les mouchoirs & les centures mesmes
De l'Apostre Sainct Paul guarissoit tout de mesmes.
Puis qu'a l'inuention du Sainct premier Martyr
On veit septante & trois de leurs langueurs guerir,
Outre ce qu'en vn temps de grande seicheresse
Il tomba audit iour de la pluye à largesse,
Tellement que chacun loüoit Dieu à l'enui
Se trouuant d'alaigresse & de ioye raui.

Lisons nous point aussi que cest heureux Gregoire
De Neocesarée eut ce tiltre de gloire
Qu'on le nomme faiseur dœuures miraculeux
Pour le nombre tresgrand de ses faict merueilleux?

Si ie vous accompare à ce viel pain des Anges
O sacrez ossemens vous passez en louanges,
Car la Manne mangée ou conuertie en vers
N'estoit plus veüe au ciel n'y en cest vniuers.
Mais vous o sacrez corps qui retournez en cendre,
Nonobstant quon vous voit au sepulchre descendre,
Vn iour chacun de vous sera resuscité
Pour viure glorieux en toute eternité.
Ce n'est donc sans raison que l'Eglise Romaine
Qui seule est vraye & sainte & en doctrine saine,
Auroit par tout le monde & tousiours eu cet heur
D'auoir les Saincts pour aide & de leur faire hôneur:
Voire & de leur former des riches reliquaires
Pour mettre leurs saincts os côme en des sactuaires,
Ainsi comme iadis auroit fait Sainct Eloy
Qui tenoit auec nous la Catholique Foy.

Il fit di-ie en fon temps entre autre benefice
Maintes chaffes d'argent de fubtil artifice,
Ores à fes depens or'des Princes & Roys,
Qui pieux fourniffoient les precieux aloys :
Car n'at il point forgé auec magnificence
Maintes fiertes aux Sainéts és Prouinces de France
Tant d'or comme d'argent dingenieux labeur
Que de perles auffi de trefgrande valeur ?
Comme pour Sainét Martin à Tours en la Touraine
Et pour l'heureux Denis prés Paris fur la Seine,
Aux Soiffonnois Crefpin & Sainét Crefpinian,
Puis l'vne dans Beauuais au martyr Lucian,
L'autre à fon compagnon qu'on ietta dans la Sóme
Aupres de la Cité que ce iourdhuy on nomme
Sainét Quintin de fon nom:depuis qu'il fut trouué
Par reuelation & par figne approuué ?
Tairay-ie qu'il auroit en la Gaule Belgique
Enchaffé richement mainte fainte relique :
Comme de Sainét Piat, duquel le facré corps
Auoit efté caché long temps iufques alors ?
Car iadis ce martyr plain de zele & fcience
Vint d'Itale en la Belge à grande diligence
Afin d'y enfeigner l'Euangelique foy
Qu'encore on ignoroit , comme la fainéte Loy :
Partant comme il prefchoit l'Euangile en Neruie
Les mefchans ont conceu contre luy grande enuie
Cognoiffans que par luy ia beaucoup de payens
Deteftoiët leurs erreurs & s'eftoiët faiéts Chreftiës;
Et fur tous ceux eftoient conduits de rages foles
Les facrificateurs des menteufes Idoles :
Si qu'ils ont incitez leurs Empereurs brutaux,
Qui eftoient aueuglez ainfi qu'eux d'erreur faux
Parquoy ces faux Tyrans plains de cruels courages
Exerçoient iour & nuiét leurs furieufes rage
Contre les fainéts Chreftiens à fin de fuffoquer

Ceux

Ceux qui feroient trouuez le vray Dieu inuoquer
Si qu'entre autres citez ils enuoyent de Romme
Tout expres en Tournay rechercher ce fainct hôme
Pour luy faire quitter la foy de Iesus-Chrift.
Ou le tant tourmenter qu'il en rendroit l'efprit.
Comme donc il prefchoit la Loy Euangelique
Ores en lieux fecrets & ores en publique
Il fut par ces Tyrans garrotté durement
Et en mille façon traité cruellement,
Ore l'vn luy crachoit falement en la face,
L'autre le fouffletoit, l'autre veut qu'on luy face
Adorer Iupiter ou le faux Apollon,
Ou l'Idole de Mars ou quelque autre Demon :
Mais côme il remonftroit quelle eftoit cefte offenfe
Et que Dieu en faifoit vne expreffe deffence,
Il leur dit i'ayme mieux mourir de mille mort
Que de faire à mon ame & à Dieu vn tel tort.
Ce dit au mefme inftant cefte gent Idolatre
L'empoigne derechef & commence à le battre
Si qu'on eut eftimé que c'eftoient des grans Loups
Qui deffur vn Agneau fe iettoient tout à coups:
Lors entre autres tourmens forcenez ils faduifent
De prendre certains clous que foudain ils aiguiffent
Et luy fichent felons tout chauds à chafque doigt
Entre l'ongle & la chair fi que mefme elle ardoit:
Puis pour paracombler leur grande felonnie
Comme ils eftoient conduits d'vn endiablé genie
L'vn diceux luy couppa (ô Tigrin ! ô mefchant !
Le bout du facré chef de fon glaiue trenchant :
Et lors on apperçeut vne claire lumiere
Qui fur luy defcendit, grande & non couftumiere,
Outre ce qu'on ouyt vne diuine voix
Qui luy feruit de ioye & aux mefchans d'effrois:
Mais comme il ne mourut de ce coup fur la place
Prenant es mains fon teft à l'inftant il defplace
                                                    Et

Et marche quatre lieux iufques à Eñuelin
Doù il fut demy-mort conduit iufque à Seclin,
Si qu'eſtant en ce lieu aupres d'vne fontaine
Qui depuis at eſté miraculeuſe & ſaine,
Il y rendit, Martir, ſon bien heureux eſprit,
Selon que nous trouuons aux hiſtoires eſcrit.
   Or comme ſon ſainct corps giſoit mort ſur la dure
Et qu'on luy preparoit deſia la ſepulture,
Il ſortit d'iceluy vne tant ſuaue odeur,
Que iamais on n'auoit rien odoré meilleur:
Et partant tout ainſi que la Panthere attire
Maints autres animaux par l'odeur qu'elle aſpire,
De ſorte qu'ils ſont preſts de la ſuiure en tout lieux
S'ils ne craignoient paoureux le regard de ſes yeux,
De meſme ſur le bruit de ce nouueau miracle
Vn tel peuple ſuruint pour veoir ce ſainct ſpectacle
Qu'entre ceux qu'il auoit ainſi tirez à ſoy
Cincq mille hommes & plus y receurent la Foy :
O puiſſance diuine! ô bonté fauorable !
He, combien eſtes vous en vos ſaincts admirable?
Puis qu'ainſi qu'il vous plaiſt vous faites par iceux
Tant morts comme viuans tels ſignes merueilleux.
Ainſi non loing d'illec on enuelope & ſerre
Dans vn linge ce corps puis on le mit en terre,
Au lieu ou les Chreſtiens ont, pieux, faicts baſtir
Vn petit oratoire en l'honneur du martyr.
Quand donc il eut eſté en la ſuſdite place
Au ventre de la terre vne treſlongue eſpace:
Sicomme tout au moins trois cens & cinquante ans
Depuis la cruauté des Diocletians,
Le ſainct prelat Eloy qui depuis fut Eueſque
De Tournay l'entourée & de Noyon auecque
Rechercha ce ſainct corps tant qu'il l'auroit trouué
Et du ſacré cercueil dignement eſleué.
O la bien-heureuſe ame & trop Canonizee?

Car

Car on trouua son corps couuert d'vne rousee
Comme toute nouuelle & de couleur de sang,
Voire & son linge estoit entier & asséz, blanc.
Outre ce l'on y veit les susdits clous à pointes
Qu'ô luy auoit fichez aux doigts iusques aux iointes,
Lesquels ledit Prelat monstra publiquement
Faisant aux auditeurs vn sermon promptement,
Ah, Messieurs (disoit il) pensez, quelle souffrance
Endura ce Martyr pour la seule esperance
D'vne vie eternelle, alors que constamment,
Il receut vn tant dur & tant cruel tourment.
Que si par cas fortuit vous fichez vne espine
Fort auant dans vn doigt ce vous est griefue geine
Pensez helas combien fut grande la douleur
Qu'on fit à cest Athlete & plus qu'a vn voleur.
Pensez aussi combien nous sommes redeuables
Deuers ceux qui nous ont esté tant charitables
Qu'ils nôt crains de mourir pour nous tirer d'erreurs
Et du gouffre d'enfer plein de peine & d'horreurs.
Ainsi donc il faisoit semblable remonstrance
Touchant la charité, la foy, & la constance
De ce sainct Champion & lors il leur donna
La benediction puis chacun retourna.
Estant donc de retour à sa court en Neruie
Poussé de pieté il conceut vne enuie,
De former vne fierte à ses frais & despens
Pour tant plus l'honorer en le mettant dedans:
Partant il appresta ses petites tenailles,
Son marteau, ses soufflets, & autres attirailles,
Et dessus son enclume il forma diligent
Des lames de fin or & du meilleur argent.
Puis il en façonna vne excellente chasse
L'ornant de pierrerie ou apres il enchasse
Les reliques du Sainct, auec non moindre honneur
S'il eut esté viuant & son entreparleur.

Ce

Ce pendant il faisoit desmolir la chapelle
Ou il à faict bastir vne Eglise ample & belle:
Qui plus est il fonda vn college audit lieu
Qui deuot chanteroit les louanges de Dieu:
Et puis en reportant les susdites reliques
Il fit en les posant des prieres publiques;
Tellement qu'il y vint à la procession
Vn grand nombre de peuple auec deuotion.
O bien-heureux esprits qui triomphez en gloire
Ayez par charité ayez de nous memoire,
Et priez le Tres-haut qu'il ait pitié de nous
A fin qu'il nous reçoiue à iamais auec vous.

SONET, PAR L'AVTEVR.

Tournay noble cité en Dieu resiouys toy
Ayant pour aduocat maint patron exemplaire,
Qui Saincts, t'ont retiré de la griffe aduersaire
T'enseignant l'Euangile & la Chrestienne Foy:
Car entre autres tu as Sainct Medard, Sainct Eloy,
Ton diuin Eleuter, Mommelin & Acaire,
Qui Euesques Zeleus tont instruit à bien faire
Selon la Sainte Eglise & la diuine Loy.
Puis tu as Sainct Piat, Saincts Eubert & Chrysole,
Qui martyrs & premiers t'ont seruis de bousole
Pour conduir ta nauire au salutaire port.
Dresse donc au Tres-haut par iceux tes suppliques
Comme par tous les Saincts dont tu as des reliques
Et Dieu en leur faueur te donra reconfort.

Ce discours de la Veneration des sainctes Reliques mis en ritmes
par M. Nicaise Dieulot Pasteur de Rongy ne contient rien contre l'Eglise Romaine ou les bonnes mœurs : ains seruira de beaucoup à l'instruction des simples estant mis en lumiere. Faict à
Tournay le 13. d'Octobre 1616.
Nicolas Philippes Loys Licentié en la S. Theologie
& Chanoine de Tournay.

8°
10,